.

오늘도
무궁화는

오늘도 무궁화는

숲에서는 검은 나비가 날고 안개 속 흐린 날씨에도 무궁화 꽃이 피었습니다

● 김태호 시집

한누리미디어

시를 써야 한다며 신문사 강좌를 찾던 시절이
엊그제인데 어느새 40년이 지났습니다.

그 사이 몇 차례 시집을 내는 시늉을 하였지만
다람쥐 쳇바퀴 돌리는 듯한 자괴감을 떨칠 수 없습니다.

오늘, 또 하나의 군더더기 작품을 끝으로 종작없이
달려온 시 쓰기를 마무리할까 합니다.

그동안 살펴주시고 보듬어주신 선후배님들과
독자 여러분의 사랑에 깊이 감사드립니다.

2024년 11월 가을

黎雲 김 태 호

차례

2부 / 가을이로세

차례

3부 / 그늘을 안고 가리라

4부 / 휘파람을 불더라도

차례

5부/ 세상이 고요하다

제 1 부

칸타타의 봄

생명의 불꽃

겨울 지나 새봄이 오면
누리엔 생명의 움이 돋는다
검은 흙 밀어 올리며
껍질을 벗고 솟아나는 숨결
눈부신 나래를 펴든다
하늘하늘 바람에 나부끼며
아가의 모습 닮은 영롱한 눈빛
물결치며 흐른다
반짝반짝 멀리서 달려오는 모습
스크랩짜듯 어깨를 결어
연초록 파도를 일으킨다
햇볕과 바람이 데불고 온
탄생이다 환희다
생명의 불꽃이다.

불새 날다

겨울 지난 대지에 불새가 난다
볼 부비던 바람이 스쳐간 자리
메마른 가지에 연초록 불새가 난다

파아랗게 돋아나는 잎새와 잎새
가지마다 불붙어 일렁이는 불길
마을로 번지며 온 산을 메운다

이 산 저 산 옮겨 붙는 불길은
알록달록 어여쁜 꽃봉오릴 가리고
날개를 퍼득이며 세상을 덮는다

따뜻한 봄볕 아래 솟구치는 너
강산을 휘감아 도는 초록의 불빛
아름다운 나래 어기찬 숨결이여.

칸타타의 봄

겨우내 움츠렸던 대지에
따스한 봄 햇살 내리면
에 저기서 꽃망울 터치는 소리

탁― 타닥―
꽃잎 벙그는 소리에
마을이 들썩인다

뜰앞 매화나무가
작은 입술 달싹이며
꽃잎을 젖히면

울타리 개나리가 합창을 하고
키 큰 목련나무도 고개 숙여
솔로를 연주한다

뒷산 언덕바지에선
먼저 핀 진달래가 어깨춤 추고
노오란 산수유가 휘파람을 분다

봄볕 아래 치닫는 온 동네 꽃잔치
귓전 울리는 칸타타의 메아리.

*칸타타: 독창, 중창, 합창과 기악이 섞인 성악곡.

살랑살랑

봄이 온 것일까
살랑살랑 바람이 분다

나뭇잎 흔들며
창문 앞 기웃거리는 바람

늦기 전 창문 열고
푸른 하늘 바라보라네

적막강산 고개 숙여
잠자는 이여

살랑살랑
시린 가슴 불을 지피네.

아까시나무 꽃길에서

맑은 하늘 햇볕 아래
탐스러이 매달린 꽃송이
그 향기 어지러이 코끝에 닿네

때 놓칠세라 모여드는
눈빛 밝은 벌 나비들
웅얼웅얼 즐거이 콧노래를 부르네

어찌할거나, 솟아나는 꽃내음
마음씨 고운 이여 우리 모두
아까시나무 꽃그늘에 모여요

뒷동산 올라서는 등성잇길
싱그러운 오월의 바람 앞에
길을 막는 꽃세상 함께 누려요.

봄동산을 거닐다

얼마나 흘렀을까
그리웁던 시간들

가슴앓이 속앓이
소리내어 말 못하고

눈보라 찬바람에
숨 고르던 사연들

꿈에서나 깨어나리
이제서야 벗어나리

어즈버, 봄날 세상
꽃은 피어나려네

마른 풀잎 헤치고
고개 드는 그대여

오호라, 언덕 넘어
불어오는 바람

맞대어도 들이쳐도
기쁨인 것을

내딛는 걸음마다
피어나는 아지랑이.

함께 날기

비둘기가 떼지어 날아오른다
새벽 찬 공기 마시며 날아오른다
어딘가 지향을 두고 날겠지만
보는 이의 눈에는 걱정이 앞선다

어디로 날아 어디에 앉을 것인가
방향을 잡는 리더라도 있는 것인가
다투어 함께 나는 모습 바라보며
하늘에서 비 오지 않길 바랄 뿐이다

봄이면 북녘으로 돌아가는 기러기
힘센 대장 앞세워 산을 넘는다는데
질서 없이 우르르 나는 비둘기 가족
죽지라도 부딪힐까 길을 잃을까

그래도 무질서의 질서를 가늠해 본다
함부로 밀치지 않고 적당한 거리두기
이 아침 날아오르는 비둘기 가족에게
무언의 응원 보내며 파이팅을 외친다.

매미 소리

맴 맴 매암
동트기 전 새벽부터
귀청 따갑게 들려오는 매미 소리

팔월 무더위에 잠 설친 아침
자리에 누운 채로 매미 소리 듣는다

맴, 매엠, 까르르―
목이 터져라 울어대는 매미 소리

칠년 견딘 땅속 애벌레 시절
얼마나 힘들었으면 저리도 서러울까

그대들이여,
이 아침 창밖에서 날아드는
매미 소리 한 번 들어 보시려나

키 큰 나무 매달려 한사코 쏟아내는
노래 아닌 울음 소리를.

유월의 노래

뻐꾹새 우는 나절
쑥쑥 자라난 보리밭
먼 산을 바라보네

녹음 짙은 숲속에선
새들도 나랫짓을 멈추고
스쳐나는 바람소리를 듣네

풀빛 자란 들판에선
모란 작약이 고개를 들고
어지러이 향기를 날리네

지나간 봄은 잊으리라
뜨거운 태양 아래
달뜬 꿈도 지우리라

어깨 앉은 파랑새 한 마리
두 손 높이 받들어
하늘로 날려 보내네

두둥실 흰 구름 사이
푸른 하늘 열린 곳으로
힘차게 날아오르리니.

새소리

부움한 새벽 어둠속에서
새소리가 들린다

쨱 — 째잭, 어서 일어나라고
어미새가 새끼들을 다그친다

쨱 — 찌익, 옆 둥우리에서
시끄럽다고, 그만하라고
또 다른 어미새가 소리를 높인다

건너편 숲속에 어둠이 걷히고
햇살이 번지면 지붕 위에는
어느새 깟, 깟 — 까치가 날아 앉고

하늘 날으던 까마귀도 까악, 깍 —
굵은 목소리로 화답을 한다

꿈결일까, 잠결에 일어나
눈 부비는 사람들

오늘도 안녕!
이른 아침 새소리에
고개를 끄덕이며 창문을 연다.

까치가 집을 짓는다

높다란 나무 위에 집을 짓는다
은행나무 소나무 가리지 않고
튼실한 나무 위에 집을 짓는다

새끼들 떠난 빈 둥지 바라보며
봄이면 새로 태일 가족들 위해
추운 겨울 부지런히 집을 짓는다

냇가에도 가고 풀밭에도 앉고
왼종일 이곳저곳 날아다니며
낱가지 물어다 둥지를 만든다

갸웃갸웃 까만 눈망울 반짝이며
이쁜 가지 골라 부리에 물고
부지런히 나무 위로 나른다

요모조모 물어온 나뭇가지
맞대고 포개며 둥두렷한
바람막이 집 한 채 엮는다

불가원(不可遠) 불가근(不可近)의 자리
사람 사는 동네 한복판에
달덩이 같은 둥지를 내건다.

꽃을 위한 서시

크고 작은 꽃들을 피워내는 꽃밭
연둣빛 잎새 그늘에 앉아
빨갛고 노란 분홍빛 꽃송이로
반짝반짝 보란 듯이 고개를 드네

창문 앞 날아드는 따스한 햇살
저마다 고개 젖혀 얼굴 맞대고
물기 없는 조화(造花)가 아닌
향기 나는 꽃송일 피우리라

봄내 여름내 가을 지난 겨울에도
양지바른 꽃밭에 자리를 잡고
입술향기 불어넣어 피워내는 꽃
어여쁜 꽃 한 송이 피우리라

바람아, 살랑살랑 부는 바람아
가지마다 잎새마다 간질여다오
몽글몽글 피어나는 예쁜 꽃송이
와르르 쏟아내는 힘을 보여다오

꼭두새벽 일어나 싹을 틔우고
보랏빛 꿈을 향해 내딛는 걸음
아름다운 새싹들의 잔치마당
한 송이 꽃을 위해 길을 열리니.

율동공원 4계

1.

하늘에는 천당
땅 위에는 분당

따스한 봄빛 따라
호수 위 둘레길엔
사람들 발걸음도 가볍다

밤나뭇골 나무 위에
까작까작 까치가 울고

골짜기 불어오는 바람
바람 앞에 몸 흔드는 꽃잎
아름다운 율동공원

2.

높다란 번지점프
수변시설 돌아보며

한낮 태양 아래

뜨거움이 더하면
휴게소 벤치 앉아 땀 식히고

치렁한 나무그늘 바라보며
앉아서도 즐거운 하루

실푸른 고요함 속으로
그대는 오십시오
여름날의 율동공원

3.
갈대꽃 반짝이는 호숫가
빨간 고추잠자리 날고

꿈꾸듯 아름다운 물 위로
물살 가르는 오리가족
손짓하며 박수치는 사람들

가을걷이 일손도 놓고
한가로이 단풍길 거닐 때

가을빛 물든 사람들의 모습은
한 폭의 수채화인 양
정겨운 그림일레

4.

언덕바지 골짜기로
하얀 눈이 쌓이면

먼 먼 그리움에 마음 적시고
햇살 비친 그루터기 앉아
손편지를 띄운다

고개 너머 높이 솟은
교회당 첨탑도 바라보고

눈바람 시려운 오후에는
따뜻한 찻집 모여 앉는
한겨울의 율동공원.

솔씨 하나가

솔방울 속 작은 씨앗이 바람에 날립니다
맨땅에 떨어져 흙속에 묻히던 날
갈데없는 씨앗이 몸을 일으킵니다

내가 이래뵈도 늘 푸른 소나무집 자손인데
자랑스런 조상, 가문의 얼을 생각해야지
단단한 껍질 허물어 싹을 틔우고
깊은 숨 몰아쉬며 줄기를 세웁니다

봄여름 따뜻한 날씨에 가싯잎이 돋고
실한 줄기 위에 단단한 등피를 입힙니다

눈 내리는 겨울 지나 높이 자란 나무에는
새들이 날아와 노래하며 둥지를 틀고
겨우살이, 비단벌레까지 구석을 차지합니다

허허, 어느새 저리도 우람한 모습 되었는가
사람들은 혀를 차며 짙은 그늘을 찾습니다

작은 씨앗 떨어진 곳에 자라난 장송(長松)
솔잎 맺힌 이슬이 보석처럼 빛납니다.

제 **2** 부

가을이로세

휘파람새

꾀꼴꾀꼴 꾀꼬리만 못해도
휘리릭 휘리릭 고운 목소리
덤불 앉아 휘파람을 불지요

가늘고 뾰족한 부리 맞대어
솔새도 개개비도 따를 수 없는
아름다운 노랫소리 들려주네요

둥지를 떠나서도 옛 친구 생각
멧새들 지저귐소리 흉내를 내다
새장에 갇힌 떠돌이가 되었어요

이 밤도 숲속에는 달빛이 내리겠지
휘리릭 휘리릭 바람결 타고
멀리멀리 날아가는 휘파람 소리.

가시버시 꽃구름

파아란 하늘
피어나는 흰 구름

따사로운 햇살 앞에
발갛게 물들었네

아롱다롱 고운 모습
눈부시게 띄우다가

헤살 놓는 바람에
고개 숙이는 수줍음

가시버시 옷깃 여민
꽃구름이어라.

가을이로세

귓가 흐르는 물소리 바람소리
영락없는 가을이로세

한 잎 두 잎
길 위에 떨어진 낙엽을 밟으며
굽이쳐 달려온 지난날을 생각한다

어쩌면 그리도 몰랐을까
지붕 위에 후둑이는 빗소리
머리 위로 반짝이는 햇살마저
어깨너머 딴 세상으로 알았으니

이 아침, 높이 나는 새들을 보며
바다 위에 떠있는 돛단배
먼 길 돌아갈 날을 생각한다

하나, 둘
아스라이 사라지는 것들
잎새 떨어진 나뭇가지 사이로
파아란 하늘 보이는 가을이로세.

낙엽송

비탈에서도 두 팔 벌려
하늘 향해 치솟는 모습
너의 꿈이 아니었더냐
여름 한철 불어오는 바람
가녀린 솔잎 나부끼며
바람 속을 달리더니
이 가을엔 그 많은 잎새
아낌없이 떨구는구나
낭떠러지 겨울을 지나
산등성 돌아온 여름
무성한 춤사위를 위하여
푸르디 푸른 나래를 펼쳐
금빛으로 타오르는 모습
가을의 끝자락에서
손 흔드는 낙엽송(落葉松)이여.

가을마당

뜰앞 나무 위에 가을이 앉았다
우르르 쾅쾅 몰아치는 비바람
내려쬐는 땡볕 무릎 꿇리고
세상을 쓰다듬는 그윽한 손길
물든 잎새가 바람에 나부낀다

사람들은 새벽부터 들에 나가고
햇살 앞에 엎드린 어미 누렁이
잠결 들려오는 발자국 소리에
귀를 쫑긋, 알곡 널린 멍석 위의
참새라도 쫓을 심산이다

강아지도 덩달아 꼬리를 치고
제 세상인 양 문밖으로 내달을 제
담벼락 기댄 빗자루가 웃고 있다
정녕, 가을은
천지간의 사랑이런가.

단풍터널

내장산 백양사 오르는 길
단풍나무가 터널을 이루었네

새빨간 잎새, 화안한 불꽃은
관광객의 눈길을 사로잡고
자동차의 경적도 멈추게 하네

다 늦은 가을—
향기에 취한 사람들
'바깥세상 궂은 일쯤이야'
흥얼흥얼 몸을 흔들고

긴 행렬 삼킨 터널은
골짝을 오르내리며
풍악(楓樂)을 울리고 있네.

가을걷이하는 날에

가을 햇살 반짝이는 오후
앞마당엔 감나무 잎이 반지르르

나뭇가지 올라앉은 새들의
노랫소리도 도르르르

건너편 들녘에는 신명나게
가을걷이가 한창인데

새로 올린 사랑채 머릿돌이
궁싯한 모습으로 다가오고

하염없이 돌아보는 지난 세월
땀 흘린 공력 얼마나 거두려나

알곡 털어내는 풍구질 소리에
시밭에 뿌린 씨앗 거두기나 하려나.

가을바다

처서가 지나서일까
하늘이 높아진 바닷가엔
꼬리치던 검둥이도 떠나고
바다를 향해 짖어댈
그 무엇도 보이지 않는다
수평선 너머 달아난
파도는 언제쯤 돌아올까
귀를 대는 모래톱
허옇게 쓸려난 발자국 위로
길 잃은 바람이 불고 있다.

소나무 사랑

나무야, 말없는 소나무야
내가 널 왜 좋아하는지 말해 주련?

바람 불고 물진 날에도 쏴아 솨―
몸 흔들어 노래하며 비탈에 서 있는 너
무던한 심성 그 누가 따를 수 있으리오

뿐이랴, 추운 겨울 잎새 떨군 나무 곁
무거운 눈발이 어깨를 짓눌러도 말없이
푸른 잎 간직하는 씩씩한 기상
그 누가 견줄 수 있으리오

옛날 신라 때 황룡사 벽에 그려진 네 모습
날으던 새들이 앉으려다 부딪친 일화는
크고 작은 새들마저 모두가 너를
좋아한 까닭이 아니었을까

나무야, 소나무야
아무리 내가 널 좋아한다 말해도
너는 들은 척 만 척 태연한 모습이니

알 수 없는 일이로구나,
나무야, 늘 푸른 소나무야.

꽃눈이를 아시나요

추운 겨울 잎새 잃고
메마른 나무에 엎드린
꽃눈이를 아시나요

겨우내 마른 잠을 떨치고
따스한 햇살 봄볕 아래
눈 틔우는 꽃몽오리

물오른 파릇한 잎새
연둣빛 그늘에 앉아
신령한 노래 부르려네

새록새록 솟구치는 힘
꽃피우고 열매 맺는 꿈
꿈 하나에 몸 사르는
그 꽃눈이를 아시나요.

초겨울에

텅 빈 나뭇가지
잎새 하나 바람에 떨고 있다

바닥으로 내릴까
하늘로 솟구칠까
이리저리 몸 뒤채는 잎새

어느새 한낮 햇살 앞에
바람도 비껴 서는데

멀리서 다가오는 낯익은 풍경
배추 씻는 아낙네 모습 보며
저리도 고운 날이 있었던가
고개 들어 지난 일을 생각하네

아뿔싸,
부릉부릉 좋은 시절 아니래도
새하야니 눈 내리는 벌판
이마 시린 겨울을 맞을래요.

그렇게 산다

졸리운 눈을
감았다 떴다
눈꺼풀을 움직인다

부신 햇살에도
눈 아프지 않게
빛다발 조이며
감았다 떴다
그렇게 산다

아침저녁 변하는 인심
뜻하지 않은 일에도
다치지 않게

머릿속 조리개를
조였다 놓았다
마음밭 다스리며
그렇게 산다.

별꽃에게

밤하늘에 돋는 별
들 끝에서 피어나네
봄비 스쳐간 자리
풀밭에서 눈을 뜨네

내 이름을 묻지 마세요
고향도 묻지 마세요
태초에 풀꽃으로 태인 몸
무엇인들 알리이까

어느 날 하늘 꼭대기
꿈결처럼 내려와
무리져 고개 드는 모습
달님인들 알리이까

그대 쓸쓸함을 떨치고
맘껏 소리내어 웃으시라
반짝반짝 별님처럼
왼 들을 밝히시라.

분당에 내리는 눈

서울 떠난 도시
분당(盆唐)에 눈이 내린다
전설 같은 함박눈이 내린다

까마득히 공중을 맴돌다
아파트 지붕 내려앉는 눈
하얗게 마을을 덮는다

언제부턴가 밤하늘
별빛 사라지고 새하얀
눈꽃마저 길을 잃었더니
이 겨울 분당골에
함박눈이 내리는가

불곡산 기슭 탄천가
새하얀 눈밭에선
아파트 숲을 향해
사슴 같은 이야기를 풀어놓는다

눈 덮인 들판 내다보며
서성대는 사람들 젖은
눈가에도, 해 저문 고향마을
송이송이 눈이 내린다.

달빛만이 푸르고

부엉이도 울지 않는 산기슭
하얀 달빛이 내리고 있다
지나가는 바람에도 흔들리는
키 큰 나무 올라 외로이
노래하던 새들도 잠이 들고
산간마을 외딴 마루 초가지붕
솔가지 쌓인 아궁이 곁에
시꺼먼 부지깽이 놓여 있다
토실토실 예쁜 다람쥐 한 마리
방안을 맴돌다 달아나고
잠 못 들어 애타는 마음
달빛으로나 씻어볼까
멀리 아랫마을에선 컹 컹
개 짖는 소리 들려오고
인기척 없는 산촌 마을
이 밤도 달빛만이 푸르구나.

제3부

그늘을 안고 가리라

지나간 시간은

흘러간 물처럼 지나간 시간은
다시 돌아오지 않는다

잠시 머물다 온 초록의 바다
하늘에 올라 눈앞에서 사라진다

사람들은 소중한 시간을 말하면서도
떠나간 시간에 미련 두지 않는다

나만의 시간, 나만의 절대시간이
아슴아슴 간데없이 사라지고

불빛 없는 흐릿한 기억을 뒤로하며
화안한 아스팔트 길만 걷는다

어느 날 꽃내음 향기를 느껴
'출판박물관'을 찾아간 시간
누렇게 빛바랜 책장 앞에서
가맣게 잊혀진 '진달래꽃'을 만난다

꿈결처럼 말없이 흘러간 시간
냇가에서 한 마리 피라미를 만난 듯
아련한 노을빛, 파노라마처럼 스칠 뿐.

10년 공력, 시 한 편 안으리

강산이 변하는 10년에도
시반(詩伴)과 마주하면 설레는 마음
'처음처럼' 들이켜도 변하지 않네

어기영차 높다란 가을 하늘
짙푸른 바닷물에 붓을 적셔
펄떡이는 시 한 편 낚으려네

뒷동산 들려오는 뻐꾸기소리
바람에 몸 흔드는 나뭇잎 장단
그윽한 혼을 실어 노래하려네

서녘 하늘 기우는 해 저물기 전에
너랑나랑 고개 올라 어깨동무
정겨운 시 한 편 얻으려네.

나무, 잠이 들었네

왼종일 바람에 시달리며
몸 흔들어 노래하던 나뭇잎

사람들 모두 잠이 든 밤
잎새 나부끼며 장단 맞춰
노래할 이유가 없어졌어

나무는, 나무는 소리없이
잠을 청해 꿈꾸기로 하였네

여보게들 한밤중 일어나
뜰 앞의 나무를 보시게나
미동도 없이 잠든 모습을

아침이면 잠에서 깨어나려나
바람 없이도 혼자서 눈뜨려나

나무가 잠든 그윽한 시간
나도 잠자리에 들려 하네
너의 꿈, 나의 꿈 모두 안고서.

목소리

얼마나 지난
오래였을까

줄을 타고 들려오는
낯익은 목소리

한바탕 흘러간 세월
뒤안길에 숨었다 문득,
마주치는 음성

꽃잎으로 피어나
귓전에 닿는구나

지난 일을 탓할 것이랴
맘껏 울먹여다오

아,
꿈속에서 깨어나
다시 듣는 그 목소리.

자화상

엉거주춤
서 있기나 하고

아뿔싸,
놓치기나 하고

그래도 남는 미련
꿈 하나는 야무지네

언제쯤, 추운 겨울 지나
얼어붙은 강물이 풀리려나

주섬주섬 이불 걷고
눈 부비는 그대여.

그늘을 안고 가리라

구름에 가리운 우울한 하늘
햇살을 내리지 못해 몸살 앓는다

고대하는 볕뉘는 언제쯤 쬐려나
어둠에 갇혀 산꼭대기 우러른다

오오, 햇살 가둔 구름 앞에
무릎이라도 꿇어야 하나

하늘을 올려다보며 기도하는 시간
머리 위 비가 내리고 우박이 쏟아진다

우르릉 쾅쾅, 번쩍이는 섬광
머릿속 스치며 한 줄기 빛이 지나간다

그래, 햇볕이 아니더라도
그늘을 안고 살면 되는 거야

누려도 누려도 끝이 없는 세상
애끓는 그늘도 품에 안고 가리라.

시와 시인

시는 쓰는 것이다
쓰고, 지우고
지우고 또 쓰는 것이다

시는 읊는 것이다
외우고 또 외우고
입술 닳도록 외우는 것이다

목마른 사슴처럼
골짜기를 헤매며
맑은 물을 찾는 것이다

물 한 모금 마시고
하늘에 걸린 무지개
무지개 앞에 무릎 꿇는 이

그대가 정녕 시인이렸다.

머리 위에 햇살이

머리를 들어 위를 바라보니
파아란 하늘이 열려 있었네

어제도 그제도 바라본 하늘인데
오늘 따라 넘치는 푸르름에
울컥하는 마음, 눈이 부시네

어쩌면 저리도 고운 빛깔일까
반짝이는 햇살이 가슴에 스미네

이제도록 거느리던 비구름
한 줄기 바람기마저 재우고
나래 펼친 하늘빛이 고마우이

오오, 신비스런 네 모습에
내 마음 나도 몰라 배를 띄우고
푸른 물결 흐름 위에 노저어가네.

무화과 사랑

꽃 없이 피운 사랑
달디 단 열매라니

잎새 푸른 그늘에서
사랑을 익혔을까

밤마다 우는 뻐꾸기소리
낯설음을 지우고

천릿길 머나먼 길
구름 밖을 날았을까

번개 치는 사연 속
깊은 뜻 새겼으리

달디 단 무화과 열매
그지없는 사랑이여.

돌들은 안다

돌탑 쌓는 이의 정성을
돌들은 안다

그 무거운 돌을
번쩍번쩍 들어올리고

하나 둘 짝을 짓는
모서리 망치질과
하늘과 마주하는 긴 여정
꼭대기로 나아갈 때

발뒤축 높여 키 세우는 일쯤이야
큰소리치는 사람들 앞에

아득한 시공에 꿈이 있다며
내일을 기약하는 이의
땀 흘리는 마음을 돌들은 안다

뚜벅뚜벅 말없이 나아가는
쉼 없는 발걸음, 그 그늘에

기적 같은 힘이 숨어 있음을
돌들은 안다.

바람의 인사

바람이 나무를 흔들며
인사를 한다

먼 곳에서 보고 들은 소식
한 아름 안고 날아와
창문을 두드린다

바람이 나뭇잎을 흔들고
후드득 창살을 두드릴 때
그대는 어디에서 무엇을 하느뇨

오오, 오늘은 안녕하신지
하루가 멀다며 멀미 앓는 그대
바람으로나 소식을 전해 주오

오늘도 바람이 분다
나뭇잎 스치며 창문 앞 서성이며
말없이 인사하는 바람

불어오는 바람에 머리를 식히느니
내 그리운 이여,
바람결에 소식이나 전해 주오.

신기료 아저씨

이리저리 살피며 두드린다
닳고 닳아 고물이 된 신발
새 것으로 만들려니 힘이 부친다

왜 한쪽이 닳았을까
곁눈을 팔았을까
중심을 잃었을까

거리를 질주하는 자동차를 보며
퉤퉤— 손바닥에 침을 묻혀
구두 뒤축을 망치로 두들긴다

눈 뜨고도 앞 못 보는 세상
제멋에 겨워 춤추는 사람들
그래도, 신발은 튼튼해야지

헌 신발 깁고 틀을 맞추고
반짝반짝— 새것으로
돌려놓는 신기료 아저씨

"아저씨 참 용하시네요,
아저씨가 정치를 한 번 해 보시죠"

새 신발 받아 든 아가씨가
허리 굽혀 고맙다는 인사를 한다.

한 발짝 물러섬이

보이지 않던 것이 보이고
들리지 않던 소리 들리네
아렴풋 먼 곳이 눈 안에 들고
희미한 소리마저 귓전에 닿네

어렵사리 노 젓는 인생
바람결 부딪는 물결에 몸을
맡겨야 하는데 무엇이 급해
그리도 애태웠던가

마주하는 고비마다 헤매며
숨차게 살아온 지난날들
차라리 눈을 감고 물렀을 것을

아서라, 눈빛 밝은 그대들이여
뚜벅뚜벅 걸으세라
허투루 떨어질 나락
한 발짝 물러섬이 어떠하리

미쁨도 슬픔도 내려놓고
하루도 천년같이 긴 숨 쉬는
아름다운 둘레마당 가꾸세나.

적막강산에 날아든 손편지

코로나19 사태로 고개 숙인 봄날
조용한 문간에 비둘기가 날아와
살며시 편지 한통 놓고 갔네

재각재각 시계 초침소리 들으며
펼쳐본 편지, 그 사연인 즉
한국시협 새 집행부 구성 소식이네

오랜만에 회장이 되신 시인께서
사무총장 아무개, 간사는 누구누구
아슴한 이름을 거명하고 있었네

시대가 어느 땐데 손편지라니
놀랍다가도 천진한 시인의 발상에
한편으론 정겹기도 하였다네

그래, 눈과 귀 막히고 닫힌 세상
꽃보다 귀한 손편지를 받았으니
오늘은 까치 한 쌍 창틀에 앉으려나.

제**4**부

휘파람을 불더라도

펜이 팬에게

펜을 든 사람 팬에게
편지를 쓴다

언제나 박수치며 열렬히
환호하는 팬 모임

고마움을 뇌이면서도
그러려니 지나온 세월

이제야 보이누나
그대들 사랑의 불빛이

뒤늦은 깨달음으로
한밤에 일어나 편지를 쓴다

아무런 생각 없이
그저 그렇던 지난 날

오늘에야 낯설음을 지우고
젖어드는 편안함

우리는 서로가 등을 대는
따사로운 바람깃

팬 여러분, 사랑합니다
오늘 이 시간을 믿습니다

하늘도 시샘할 우리들 마음
그 사랑 영원하기를.

한 편의 시

혹여, 그대가 시인이라면
꼭두새벽 일어나 창을 열어야 한다

싸아한 바람에 이마 적시고
머리 위 별빛 따라 길을 나서야 한다

어스름 새벽길 허방 딛는 발걸음
물소리 바람소리 흐르는 골짜기로
한 마리 새가 되어 날아야 하네

부르르 날개를 떨며 솟구쳐 올라
먼빛 다가오는 눈부신 햇살
가슴앓이 뜨거움으로 맞아야 하네

눈뜨고도 보이지 않는 안개속 그림자
그윽한 그 모습 언제쯤 만날까
허구한 날 돌아치며 헤매는 걸음

어느 날 그 임을 만날 수만 있다면
하나뿐인 목숨방울 던져서라도

오롯한 시 한 편 남겨지이다

엎드려 기도하며 흘리는 눈물
뜨거운 눈물 거두어 일어서리니
진정, 그대가 시인이라면.

휘파람을 불더라도

내 아직 바다가 그리운지
넋두리 같은 시를 읊고 있네
둑길 넘치는 모래알처럼

지난날의 허물 같은 것
햇살 비친 뜰 위에 서서
먼 바다를 향해 날려 보내네

중천에 걸린 해 뉘엿뉘엿
어둠살 내리는 골목길에서
마냥 휘파람소리 띄우고 있네

인생은 야트막한 개울에서도
얼굴 내미는 부초 같은 것
불어오는 바람에 눈을 감은 채

일 년 열두 달 강산이 변해도
희떱고도 섣부른 말씀
입술 달싹이며 노래 부르네

하잘것 없는 삶의 무게
정녕 새처럼만 울어옐 것인가
영혼의 둘레 향기마저 잃은 채.

석유냄새

자고 나면
석유내가 난다

펄럭이는 옷깃
신문지에도
석유내가 스친다

달리는 자동차
세간살이 하나에도
풍기는 석유내에
멀미가 돈다

그 옛날
아주까리기름
맑은 향은 어디로 가고
고개 돌려도 따라오는
왜기름 냄새
역한 내음이라도
쿵쿵대며 맡아야 하나

문명한 천지
검은 연기 쏟아져
절여드는 석유냄새

너는 진정, 이 시대의
꽃이던가
돌이던가.

산까치 마을에 오다

비온 뒤 어느 날 산까치가
떼 지어 마을에 나타났다

하나 둘 키 큰 나무에 올라앉아
사람 사는 집 마당을 살펴본다

말리다 만 곶감 꽁지라도 있는가
두리번거리다 휘익하니 날아간다

까잭까잭 목쉰 울음을 날리며
늘어진 꼬리 가볍게 우쭐거리며

차름한 동네 까치만 보던 사람들
저것들이 말로만 듣던 산까치인가

어리둥절 서울구경 온 시골학생같이
치렁한 꼬리엔 무슨 생각 접었을까

휘익하니 한 바퀴 마을을 구경하고
고대 날아가 버리는 낯선 손님들

그런대로 산까치는 마을을 둘러보고
사람들은 산까치를 구경하였다네.

가시나무꽃

따끔따끔 가시 두른
가지 끝에 꽃을 피웠네

잎 틔우랴 벌레 쫓으랴
메마른 몸 뒤틀면서도
어둠속 피워낸 애잔한 꽃

머리 위로 날려보낸
낮과 밤의 슬픈 이야기
지나가는 벌 나비
알아주지 않아도 좋아

푸른 하늘 가없는 곳에
눈빛을 보내야지
반짝반짝 모퉁잇길 앉아
뜨거운 입김 불어내는
가시나무꽃.

닫힌 자여 나오라

작은 빛에 쏘여
하루를 사는 이들
천정 달린 불빛에 멀쩡히도
눈과 귀 멀었는가

방안 놓인 로봇에 컴퓨터에
연신 웃음을 흘리다가
한치 앞 밖을 보지 못하고
메마른 숨결 다리힘이 풀린다

작은 빛에 갇혀
어둠을 절뚝이는 이
동녘 하늘엔 밝아오는 태양
푸르게 빛나는 별이 있나니

닫힌 자여 나오라
더 큰 빛이 그대들
머리 위에 반짝이느니.

따뜻한 삶을 위하여

처마 밑 지저귀는 참새들의 아침 인사
까댁 까댁 고갯짓하는 까치 가족
더불어 살아가는 정겨움 속
눈 뜨고 귀를 열어 새날을 맞네

눈부신 햇살 너머 먼 산 바라보기
불어오는 바람에 얼굴 부비기
혼자서도 웃어보는 적요한 하루
긴 긴 날을 허공에다 눈맞춤하고

지난 날 교실에서 울리던 피아노 소리
귓전 스치며 파아란 물결 일으킬 때
오늘은 내 인생에서 가장 젊은 날
노래하며 춤추며 촌음을 아껴야 하리

눈 뜨고 귀 열어도 모자란 하루
짙어가는 청산에 필마를 세워두고
푸른 솔 잠들기 전 빛을 뿌리며
축복의 하루, 오늘 위해 살아야 하네.

바람길에 서다

고개 넘어 불어오는 바람
바람 앞에 꽃잎이 흩날린다

지난겨울 모진 추위에도
억세게 버티었는데
건듯 부는 바람 앞에 몸을 떨다니

그대여, 바람길을 터야 하리
이마 닿는 순한 마음 뻗쳐서

이 아침, 뒤바람 하늬바람
마을을 스쳐가고 있다

곱스런 눈짓 하나면 그만이지
둘러막기 돌려막기
그 무슨 소용이리.

숯이거나 꽃이거나

가마 속 타는 불길 아랑곳없이
새날을 기다리며 숯이 되었다

밤낮으로 타오르는 불구덩 앉아
몸을 태우고 마음도 태웠다

두 무릎 곧추세워 합장을 하고
백팔번뇌 외우고 또 외우며
환골탈태 새날을 맞이하였다

눈을 감고도 다시 보는 세상
새까맣게 변한 모습에도
사람들은 손뼉 치며 좋아하였다

누가 뭐래도 좋아,
하나의 숨결 하나의 모습으로
이 험한 세상 살아가야지

오늘도 선반 위에 올라 가부좌 틀고
맑은 공기 뿜어내는 그윽한 모습
그대는 정녕 숯이거나 꽃이거나.

그 이름을 몰라요

언젠가 그녀가 내게 이름을 물었어요.
내 이름 석자 가르쳐 주면서 나는
그녀의 이름을 묻지 않았어요.
아니, 물을 수가 없었어요.

어느 땐가
또 다른 그녀가 내 이름을 물었을 땐
얼결에 나는 내 이름도 대지 못하고
머뭇거리기만 했어요. 얼굴을 붉힌 채로
어물어물 그 자리를 뜨고 말았지요.

생각하면 다 추억이 깃든 봄이었는데
나는 그의 이름을 묻지도 못하고
알 수도 없었어요. 이제라도 그 이름
알고 싶은데 우물쭈물 지나쳤던 그 이름
아직도 그 이름을 몰라요.

시인의 초상

바람에 스치는
풀꽃 향기
수많은 사람들이
밟고
지나가는 풀밭에서
걸음을 멈추는 자
그대가 진정
시인이려오.

닮은 꼴

달려오는 바람에 뺨 부비는 잔물결
밀고 밀리며 높은 파도 일으키네

하늘 닮은 넓은 바다 어디서나
크고 작은 물방울들의 몸 불리기

신명나게 집짓고 춤추는 베짜기새
흔들리는 둥지에는 누구를 맞으려나

땅바닥 기는 앞 못 보는 무지렁이
엎드려 바닥 미는 뱃심 하나 두둑허이

오늘도 그대들 빼닮은 행동거지
영락없는 닮은꼴임을 알았을까.

탑마을 이야기

이야기꽃이 피었더이다
눈 내린 들녘으로 새봄이 오면
건넛마을 매화꽃 바라보며
목련도 장미도 꽃피울 기세
도란도란 입술을 열더이다

예전엔 들녘에 탑(塔)이 많았다며
야탑동(野塔洞)이라 하였거늘
돌마비(突馬碑)는 무엇이며
불곡산(佛谷山) 오름길은 어디인가
야탑역광장 오가는 발길이 무성하다

세느강보다 넓은 탄천(炭川)에는
사람들의 발자국 소리 힘차고
잉어와 붕어떼가 꼬리치는 시냇물
소리 없이 내리는 맑은 물길은
저 멀리 한강으로 흐르더이다

보소서, 서울의 인심 벗어난 자리
우뚝우뚝 높다란 아파트 짓고

동서남북 오가는 길목엔 버스터미널
오순도순 손잡고 모여 사는 동네
꽃피는 전원 도시 탑마을 아닐런가

역사는 흐르는 것이라 말하지만
어제와 내일을 잇는 징검다리로
도시와 농촌 잇는 오늘의 탑마을
아름답고 소중한 이야기꽃 피우며
그 이름 오래도록 탑을 쌓으소서.

길 아래 길이 있었네

종소리 따라 새벽길 나서고
차 소리 따라 한낮에 달리는 길

숨차게 길을 가던 어느 날
길 아랫쪽 낯선 길을 보았네

저만치 둔덕 아래로 꼬불꼬불
물길 따라 흐르는 고요로운 길
꿈결 같은 길이 있었네

아무렇게나 모자를 눌러쓰고
헐렁한 차림새로 나서도 좋은
맘 편한 길이 있었네

차 조심 사람 조심 않고도
어깨 펴고 손 내저으며 걷는 길

언덕 아래 골짜기로 이어지는
정겨운 오솔길이 있었네.

제**5**부

세상이 고요하다

세상이 고요하다

지난 밤 무슨 일이 있었던가
아침에 일어나니 까치가 울지 않는다

오늘은 밝은 해가 둥글게 솟으려나
새날을 여는 동녘 하늘 귀퉁이에
알콩 같은 샛별 하나 반짝인다

그토록 죽기 살기 싸우던 정치판도
이태원 참사에 머리를 앓았을까
핵폭탄이 날으는 우크라이나 사태마저
강 건너 불 본 듯이 어젯일로 지나간다

이 아침, 세상은 새날인 듯 고요한데
물고 뜯는 악다구니들 물러가라
너희가 아니라도 할 일 많은 세상
참으로 괴이하구나 세상을 흔드는 것들

폭풍전야 바다엔 바람기도 없다는데
또 오늘은 무슨 일이 있으려나
아아, 탈도 많고 말 많은 세상
어제가 아닌 오늘로 살았으면―.

실리어간다

망망대해 돛단배에 실려 가듯이
2019 코로나 팬데믹에 몸을 실었다

파도를 넘어 순항을 바라지만
2022 대선판에 두려움이 앞선다

2021 아프간사태는 너울성 파도
먼산 보듯 불구경만 하는구나

고개 드는 북녘 소식 어디로 가려는지
역사 앞에 바른 길 곧은 길 가야 하네

옛말에 하늘도 돕는 자를 돕는다고
숙명의 뱃길 후회없는 노젓기를…

흔들리는 뱃전 올라 어기영차
힘을 다해 닻줄을 잡아야 하네.

불빛 응원

– 카타르 월드컵을 기원하며

창문마다 새어나는 불빛
열띤 응원이 밤을 밝히네

추운 겨울에 만나는 월드컵
16강을 넘어 더 높이 오르리

박수와 탄식과 웃음 속에
잠 설치는 애국 시민들

오 필승 코리아, 붉은 악마의
거리 응원이 귓전으로 들리고

불 커진 아파트 창문마다
뜨거운 함성이 새어나네

그대들 이 땅 젊은 선수들이여
축구공 하나로 세계를 호령하며

스포츠의 역사를 새로이 쓸지어다
창가 번지는 저 불빛 기도와 함께.

네 죄를 네가 알렸다

예전에는
"네 죄를 네가 알렸다"
형틀에 앉은 죄인에게
불호령을 내렸는데

요즘에는
"저 자의 죄를 네가 알렸다"
구속중인 피의자에게
넌지시 귓속말로 달래는구나

옛날이나 지금이나
큰 송사(訟事) 뒤에는 거울을 지닌
도사(道士)가 있었음이랴.

안내견 조이

시각장애인의 안내견 조이
주인 김예지(국회의원)를 따라
SBS스튜디오에 모습을 보였는데
회견장 주인 의자 곁에 앉아
주고받는 말 조용히 듣고 있네

눈을 감고 바닥에 엎드리더니
인터뷰가 끝나자 눈을 뜨며
일어나 밖으로 나갈 채비를 하네
회견이 끝난 것을 어찌 알았을까
말 못하는 짐승이 기특도 하네

세상에는 길들여진 개도 많지만
이토록 세련된 녀석의 행동에
얼마나 훈련이 되었으면 저리도
철저히 자기의 임무에 충실할까
참으로 감탄사가 절로 나오네

잘난 척 우쭐대는 사람들이여
안내견 조이를 바로 보시게나

타고난 팔자타령 그만 하고
빈틈없이 내 할 일 감당하는
충견의 삶 다시 봄이 어떠리오

고개 숙여 안내견 조이를 보며
말 못하는 짐승의 영특함에
시새움도 부러움도 내려놓고
멀리 창밖으로 흐르는 흰 구름
하염없이 달리는 생각에 젖네.

그리움이 흐르는 강물

어제도 오늘도 흘러가는 가멸한 강물 속으로
이산가족 만남의 시간이 속절없이 사위어가네

2022년 여름, 다가오는 추석에는, 어즈버
남북 이산가족이 만나야 한다는 통일부 제안에
딱히 문을 닫아거는 북쪽의 싸늘한 대답이네

오오, 어느새 칠십년을 넘기는 간절한 소원
두고 온 고향땅 생사를 알 수 없는 피붙이들
이제나저제나 만날 날 기다리는 이산의 아픔들
학수고대 기다리다 지쳐 물거품이 되려 하네

삼천리 강토 배달겨레 가슴속 흐르는 강물이여
조국강산 그 어드매서도 살아 숨쉬고 있다면
그리운 가족 만나 가슴 맞대고 얼굴 부비게 하소서
날이 저물고 어둠이 오더라도 빗장을 열고
달님 앞에 웃는 얼굴로 문밖을 나서게 해 주소서

오늘은, 겨레의 한가윗날 살아있는 자식들 모여
북녘 하늘 바라보며 잔 올리는 모습 보나이다

아아, 아직도 생사조차 모르는 피붙이들의 만남
푸르른 강물 위에 희망의 빛이 떠오르게 하소서
얼씨구 만남의 기적 앞에 뜨거운 눈물 뿌리게 하소서

살아생전 다시 보는 고향땅, 흐르는 강물 위에
손뼉 치며 만남의 아리랑을 부르게 해 주소서.

못난이들의 행진

한낮에도 어릿어릿
길을 헤맨다
드넓은 한길에서도
비틀비틀 갈짓자 걸음,
앞으로! 앞으로!
깃발만 바라보다 발등을 밟기도…

대열(隊列)을 흩뜨리면 안 돼,
흙탕물 퉁기며 묵정밭을 갈아엎는다
고루고루 나누는 세상
허울 좋은 성장(成長)에 열을 올린다
어둠을 밝히던 불꽃 꺼트리며
사방으로 불티만 날린다

하나 되는 통일 외치려거든
역사 왜곡 바로잡고
바른 길로 나아가라
까까머리 힘없는 백성 누르는
어둠의 장벽 허물어 대명천지
밝은 길로 나아가라

나라살림 쪼그라들면
역사의 죄인 되리
뒤뚱뒤뚱 걷는 걸음새
보기 좋이 구령에 맞춰
앞을 보고 걸어가라
꿈을 쟁이고 나아가라

고개 젖히고 바른 길 걷는
그대들 모습 보고 싶으이.

오늘도 무궁화는

이 아침
무궁화가 피었습니다
숲에서는 검은 나비가 날고
안개 속 흐린 날씨에도
무궁화 꽃이 피었습니다

해 뜨는 언덕을 향해
보라 꽃 하얀 꽃이 고개 젖혀
시샘하듯 피었습니다

흐르는 강물 어둠속에서
겨레꽃으로 태여
이슬 머금고 피었습니다

바람깃에 뺨 적시는 잎새들
우듬지 앉아 우쭐거릴 때
눈 뜬 장님 아니라고
손사래치며 피었습니다

훨훨 하늘 날으는 새여
아무도 모를 역사의 수레바퀴
잠들 수 없는 서슬에도
말없이 무궁화가 피었습니다.

여기는 인사동입니다

하늘을 가리운 플래카드
가로등 청사초롱이 물결칩니다
안국동에서 종로통으로
공평동에서 낙원동으로 이어지는
해묵은 나들잇길
청자빛 골동품가게며
필방 곁으로 열린 낯익은 화랑
문고리 잡고 들어서면
진경산수 그림 한 점 볼 수 있는 곳
여기는 인사동입니다

통문관, 통인가게 '통' 자 돌림 어우러져
어제와 오늘이 통하고
오늘과 내일이 통하는
전통 문화마을 인사동길 인사동 사람들,
잠깐 실례… 지나가는 차를 세우고
길을 건너도 아무도 탓하지 않는 곳
여기는 인사동입니다

그뿐입니까
멋스런 볼거리에 구경하다 지치면
'귀천' 으로 '깨꽃' 찻집에도 들러
유자차를 마시며 하늘로 가신
천상병의 싯귀에도 젖어보는 곳
'모깃불에 달 *끄스를라*'
모퉁이마다 풍기는 낙엽 타는 내음
여기는 인사동입니다

'오, 자네 왔는가!'
'박씨 물고 온 제비'
'깔아놓은 멍석 놀고 간들 어떠리'
기발한 간판에 이끌려
웃음소리도 정겨운
여기는 인사동입니다.

만리장성
– 인사동 중화반점 걸린 사진을 보며

중국 사람들은 목이 마르면 차를 마시고
엄지를 치켜세워 만리장성을 자랑한다
이역만리 화교(華僑)들도 벽에 사진을 걸어놓고
어깨를 으쓱이며 만두를 빚는다

달에서도 보인다는 2,400km의 긴 성벽
북쪽 오랑캐의 침략이 무서워 백성들을
채찍으로 부리며 쌓은 기적 앞에 혀를 차지만
이는 한낱 내 집을 지키려는 울타리일 뿐
부러울 게 없는 역사의 유물이다

식탁에 날라온 독한 배갈을 들이키며
창문 밖 반짝이는 햇살을 바라본다

보라, 저 중화(中華)의 완고한 돌덩이 위로
바람이 넘어가고 화살도 넘어갔다
스포츠의 바람, K팝의 바람, 반도체 기술
태산(泰山)을 오르리란 다짐도 띄웠다

그 옛날 만주벌을 달리던 우리네 조상
장벽을 넘어 세계로 뻗어나는 꿈
가당찮은 동북공정(東北工征) 구름을 걷어내고
배달(倍達)의 혼, 보란 듯이 만리장성을 넘어
뭍으로 바다로 달려야 한다.

뿌리와 둥치

키 큰 나무 아래 자라는 뿌리
흙 속에 스민 물을 빨아들여
나무 위 줄기로 잎으로 올려 보낸다

뿌리 위에 버티고 선 나무둥치
온몸으로 사나운 바람 막으며
흔들리는 가지와 열매를 보호한다

뿌리가 생각하니 둥치란 녀석
애써 길어 올린 물 혼자서 먹었는지
녀석만 몸이 굵어진 것이 아닌가

까닭 모를 이치, 숨겨진 오해 속에
뿌리는 뿌리대로 둥치는 둥치대로
화가 나서 참을 길이 없는데

지나가는 사람이 하는 말
어허, 그 나무 참 잘 자랐구랴
둥치 이만하니 뿌리는 얼마나 뻗었을꼬.

빙벽과 바다

북극에서는 바다가
얼음덩이를 안고 산다

바위같이 무겁고 차가운
얼음을 안은 바다의 무릎은
얼마나 고단할까

어느 날
쩍—
북녘에도 봄이 와
빙벽 무너지는 소리를 듣고 싶다.

유월의 아픔을 딛고

– 6.25전쟁 70주년에

어찌 우리 그날을 잊으리오
모두가 잠든 평화로운 새벽
탱크를 앞세운 북한군의 침략을

엎어지며 고꾸라지며 정신없이
남으로 남으로 피난하는 행렬
머리 위로 날아가던 포탄소리며
가족을 잃은 신음소리를

풍전등화 나라마저 위태롭던 때
낙동강 전선 사수하던 국군을 도와
다부동 전투에 몸을 던진 학도병들
꽃잎처럼 스러져간 애처로운 넋을
지금도 우리는 잊지 못하네

뿐이랴, 자유를 지키려는 유엔군과
서울을 되찾고 평양으로 진격하며
압록강 밖으로 적을 몰아내던 때
난데없는 중공군의 개입으로
통일을 앞에 두고 후퇴하고 말았네

전선은 일진일퇴, 삼팔선 넘나들며
밀고 밀리기를 거듭하던 1953년,
원치 않는 휴전협정 맺으며
6.25 이전으로 돌아갔으나

보라, 이제껏 겪지 못한 시련에도
우리는 그 사이 나라살림 일으키고
철통 같은 국방으로 발전을 거듭하며
세계가 놀라는 경제대국 이루었다네

우리는 다시 한번 일어서야 하네
온 겨레가 바라는 자유와 민주
목숨 바쳐 일궈낸 평화와 번영
오천년 역사 앞에 우뚝한 나라로
6.25의 교훈을 새겨 젊은 세대의
앞날을 밝게 높게 열어가야 하리.

그날의 만세소리

- 제76주년 광복절을 지내며

코로나19 지겨운 역병의 골짜기
서울역에서 마스크로 얼굴 가린 채
광복절 기념행사 치르는 모습 보며
76년 전 해방의 그날을 떠올린다

충청북도 보은군 외속리면 장내리
마을은 어딘가 들뜬 분위기였다
젊은 남정네들은 서둘러 읍내로 가고
큰길에 나선 부녀자들이 웅성거린다

다 큰 녀석이 아픈 다리를 핑계로
숙모님 등에 업혀 한길에 나섰는데
건너편 주재소(駐在所)에 불길이 솟고
어디선가 낯선 만세소리가 들려온다

기쁨일 듯 슬픔일 듯 설레던 그 소리
어렴풋 사람들의 얼굴에서 가슴으로
뜨겁게 전해지던 그 소리가 생생하다

아직도 가야 할 길…, 넘어야 할 산…
통일은 언제며 눈 앞의 근심은 어쩌 하나
그날의 어기찬 만세소리 다시 듣고 싶다

*주재소(駐在所): 일제강점기시대 순사가 맡은 구역의 사무를 취급하던 관청. 요즘의 파출소에 해당함.

통일전망대에서

쉼 없이 부딪는 파도의 간절함으로
숯이 된 바람, 하늘에 띄우나니
구름에 가려 어른대는 금강산 봉우리
저 높은 곳에 통일의 씨앗 날리소서
설악에 물든 잎새와 건봉사 풍경소리
골짜기 굽이치는 소슬한 바람 되어
동해바다 잠겨 있는 해금강 일으키고
환한 햇살 미쁜 모습 보이소서
차가운 모래톱 앉아 있는 갈매기떼
죽지 펴 수평선 날아오르게 하며
깎아지른 산자락 벼랑 위에 서 있는
전망대 기둥에도 푸른 빛을 띄우소서
엎드려 숨죽인 디 · 엠 · 지의 풀이며 나무
아름다운 꽃들과 크고 작은 짐승들까지
뛰고 날며 어우러질 평화의 동산
자랑스런 숨결 다시 태어나게 하소서
눈 앞 가리운 안개 어둠 걷어내고
세계인이 바라보는 희망의 언덕바지
찬란한 깃발 드높이 나부끼며
어기찬 겨레의 기원, 통일을 이루소서.

발문

김태호 시인의 시 인생,
그 아름답고 의미 있는 노후

김 재 엽
(정치학박사, 한누리미디어 대표)

88올림픽을 성공리에 치르고 세계적으로 위상이 올라가던 우리나라의 국격이 1990년대가 되면서 문화 예술 전반에 걸쳐서도 전 세계적인 주목을 받으며 힘차게 약진하고 있을 즈음 우리 문학 잡지 출판계도 르네상스를 맞이했던 것 같다. 그 징표로 하루가 다르게 새로운 제호를 달고 문학 잡지들이 창간되었고, 또 군사정권 시절에 초법적인 규제의 희생양으로 폐간되었거나 휴간되었던 유명잡지들도 속속 복간되거나 속간되어 서점가의 매대를 더욱 풍성하게 장식하고 있었다.

그야말로 우리나라 출판계, 특히 문단으로서는 새로운 문예 중흥기를 맞이한 시절이라고 칭할 수 있겠는데 실제로 필자가 경영하던 도서출판 한누리에서도 문학잡지로 월간 『문예사조』(발행인 김창직), 월간 『문학세계』(발행인 박남훈), 계간 『자유문학』(발행인 신세훈), 계간 『해동문학』(발행인 정광수), 『한글문학』(발행인 안장현) 등을 제작 대행하고 있었다.

이 중에서 〈성북동 비둘기〉로 유명한 김광섭(1905~1977) 시인께서 1956년에 창간하여 10년 가까이 발간하다 운영난으로 1964년에 무기한 휴간하다 폐간되어 버린 『자유문학』이 거의 30년이 지난 1991년 5월 17일에 신세훈 시인에 의해 제호를 살려 문화부에 다시 등록되었고, 창간작업이 한창 진행되어 페이지 편집까지 마무리되어 인쇄를 앞둔 10월 어느 주말에 김태호 시인께서 충무로 소재 진양상가 577호에 위치한 우리 출판사 한누리 편집실에 방문하였던 기억이 난다.

발행인 신세훈 시인과 교정 보느라 꼼짝 않고 앉아있던 김여옥 편집차장께서 벌떡 일어나 반겨주던 모습이 지금도 생생하게 기억나는데, 앞서 들어온 두세 분의 인상과 성함은 정확히 기억이 나지 않지만 맨 뒤에 서서 편안하게 미소지으며 소개가 끝날 때까지 들어오지 않던 모습으로 천생 선비임을 각인시켜 주셨던 김태호 시인, 당시 종로구청에서 고위직 공무원으로 근무하면서도 시 창작에 몰두하여 이태 전인 1989년에 『한국시』 추천으로 등단하였고, 조만간에 개인시집도 상재할 예정이라고 소개하던 김여옥 시인의 말이 아직도 필자의 귓가에서 맴돌고 있다.

더욱이 새롭게 창간되는 『자유문학』의 중요 필진으로 참여하여 발표하는 시 〈조선 소나무〉와 〈눈먼 자의 이름〉을 필자에게도 교정 보게 만든 무언의 압력이 새삼 아름다운 추억으로 남아있다.

"뒷동산 그루터기 매인/ 어미소처럼 물끄러미 마을을/ 바라보는 꾸부정한 나무", "눈비 맞아 뒤틀리고/ 그을린 얼굴, 박토 위에/ 뿌리 내린 키 낮은 나무", "보릿고개 허기진 임/ 기운 잃어 잠드실까/ 살점 도려낸 바보 같은 나무"라며 우리나라(조선) 풍토에다 조선인의 인성과 감성을 고향 소나무에 메타포시켜 아름답게 표출하며 잔잔한 감동을 안겨 주었던 〈조선 소나무〉, 그리고 "나무 위에 수풀을 못 보는 이/ 낭랑가지 달려오는 바람인들/ 볼 수 있으랴", "어둠 속 허물 벗는 생때같은/ 기쁨을 모르"느냐며 함량 미달의 위정자를 눈먼자에 빗대어 강하게 비판하던 올곧은 선비의 품격이 필자의 뇌리에 강하게 자리했던 기억이 아직도 새롭게 되살아난다.

사실 이날 필자에게 다른 일정이 있어 이후의 식사자리에는 동행하지 못해 아쉽게도 『자유문학』과 관련한 김태호 시인과의 만남은 그것으로 종결된 듯하다.

당시 우리 출판사 한누리에서 여러 개의 문학 잡지를 제작 대행하다 보니 원고 관리 측면에서 문제가 발생한 것이다. 『문예사조』에 투고한 시인이 『자유문학』에도 투고하였는데 전산 입력하는 오퍼레이터가 착각하여 원고를 한 곳으로 몰아버린 것 같은데, 이것이 원고 탈취로 비화되고 상대 잡지에 해악을 끼치려는 음해로 둔갑하여 결국 신세훈 시인의 『자유문학』이 다른 곳에서 제작하기로 하고 떠나면서 우리 출판사와의 인연이 1년도 안 된 상태에서 김태호 시인마저 결별하게 된 것이다.

그러구러 10년여가 지난 2002년 한여름 충무로 모처에서 열린 해동문학회 회원 시낭송 뒤풀이 자리에서 당시 초대시인으로 함께했던 홍윤기 교수님과 신시 100년 기념출판으로 《한국현대시 해설》을 기획 출판하기로 하고 제작에 착수하여 이듬해(2003년) 8월 15일 1120여 페이지에 이르는 대작을 발간하게 되었는데, 이 책에 바로 김태호 시인의 시 〈해돋이〉가 심층 분석되어 실린 것이다.

"이 작품은 참으로 조용한 이미지의 세계 속에 생명에의 외경(畏敬)과 삶의 진실을 그 주제로 삼아 '아무도 거스르지 못할/ 빛의 가장자리/ 껍질 벗는 일체의 속살/ 가슴 떨리는 두려움으로/ 해를 맞는다'고 하는 화자의 엄숙한 일출 선언이 우리들을 압도하고 있다. 우리는 〈해돋이〉를 조용히 읽고 음미하면서 가슴에 뜨겁게 젖어드는 그 벅찬 해돋이를 껴안으면 되는 것이다."(홍윤기,《한국현대시 해설》p.1063 참조)라며 일출과 생명의 경이로움을 잘 다듬어진 시어로써 서정적인 순수미를 상징적으로 표현하고 있어 빼어난 작품임을 공인받았다고 상찬하였다.

아무튼 이 작품의 게재로 지면을 통한 필자와의 인연은 재개되어 2007년 9월 10일, 홍윤기 교수의 소개로 김태호 시인의 다섯 번째 시집 《봄, 오다》를 우리 한누리미디어에서 출간하게 되었고, 그 해 연말 이 시집으로 '제1회 한국현대시 문학상'을 안겨 드리는 영광을 차지하기도 했다.

사실 이 무렵 김태호 시인께서는 용인향교에서 마련한 문화센터에 시창작 강사로 참여하여 용인지역에서 문학에 관심 있는 수강생들을 상대로 시창작 공부에 열정을 갖고 임하여 실력 있는 시인 다수를 문단에 등단시키게 된다. 그러면서 용인 죽전도서관에서 마련한 시창작 강의에도 정례적으로 참여하여 홍윤기 교수께서 2008년에 잡지 등록하고 2009년 봄에 창간한 계간 『한국현대시문학』에 수년에 걸쳐 많은 시인을 등단시키는 성과도 올린다.

이와 함께 김태호 시인은 『한국현대시문학』 초대시인으로서 창간호부터 핵심필자로 자리하게 되는데, 2006년 11월 13일 일본 히라카타시에 있는 백제 왕인박사 묘지에서 홍윤기 교수께서 주관한 왕인문화협회 창립총회에 참석하여 일본 교토산대 이노우에 미쓰오(井上滿郎) 교수의 창립기념 강연에서 (왕인박사의 묘소가) "설령 이곳이 진짜 묘가 아니더라도/ 성인을 받드는 일본인의 마음은/ 변함이 없을 것입니다"라는 말을 듣고 감동하여 쓴 시 〈말 한 마디〉와 함께 일본을 여행하면서 우리 역사의 위대함을 현장에서 체감하면서 역사시에 깊이 천착하여 쓴 시 〈칠지도〉를 발표하여 창간호부터 독자들의 관심을 증폭시키며 찬사를 받은 바 있다.

그리고 2010년 10월 11일에는 여섯 번째 개인시집으로 《발가락에 쓴 시》를 역시 우리 한누리미디어에서 상재한다. "어느날 문득 드러난 발가락/ 남 모르게 시를 쓰고 있었네"라며 첫연에서 밝혔듯이 우리나라가 자랑하는 세계적인 발레리나 강수진의 오랜 연습 끝에 제멋대로 불거진 발가락과 관련한 기사를 보고 느낀 감회를 잔잔하게 묘파하여 감동 어린 시편으로 표출하였다.

아름다운 의상에 나비 같은 몸동작으로 보는 이의 탄성을 자아내는 무용수의 영광이 신발 속에 갇혀 있는 발가락에 크게 의지한다는 사실에 공감하면서 인간사 많은 사람들의 영광 어린 성과에는 음지에서 묵묵히 헌신하는 이의 가열찬 힘이 스며있음을 상기시켜 준다.

이어서 2015년 11월 10일에는 가축부터 자연계에 존재하는 동물을 테마로 쓴 시 70편을 모은 시집《동물의 세계》를 펴냈다. 이 시집의 작품해설을 맡은 문학평론가 이서은 선생은 '예리한 관찰과 통찰력으로 빚어낸 동물의 세계' 라 제하여 "시종일관 동물에 대한 관심과 애정 어린 시선으로 건져 올린 생생하고 세심한 관찰력이 시편 곳곳에 돋보인다. 시인은 이 시집의 초고를 직접 서울대공원 동물원 원장에게 들고 가 혹시 작품에서 소개하고 있는 동물과 관련한 지식정보 중에 잘못이나 오류가 없는지 자문을 구하기까지 하였다고 한다. 더불어 동물의 생김새, 서식지, 먹이사슬, 생활방식, 습성, 번식, 성장 과정 등을 바로 옆에서 보는 듯이 정확하고 세밀하게 묘사하여 독자들의 마음을 사로잡으며 생태계에 대한 이해를 극대화 시켜 준다"고 설파하였다.

그리고 또 2017년 9월 25일에는 '낭송이 좋은 시선집' 으로 명명한《바람꽃 지등소리》를 펴냈다. 김대호 시인은 시선집 서두에 80의 연치인 산수(傘壽)를 맞이하며 시력 30년에 그동안 발표된 시 가운데 비교적 낭송에 유리하다고 여겨지는 시편을 고르고, 주변의 길흉사 또는 각종 의미 있는 모임에서

낭독한 시를 찾아 부록으로 넣었음을 밝혔는데, 독자의 입장에서 시집 전편을 읽는 내내 참으로 아름다운 서정이 짙게 묻어나는 것이 잔잔한 감동으로 다가온다.

그리고 다시 내년이면 미수(米壽)에 이르는 시점에서 이제 문화센터에서의 시창작 강의를 끝내고 개인적인 시창작 또한 더 이상 지속시키지 않기로 다짐하면서 마지막 시집으로 엮기로 한 것이 바로 이《오늘도 무궁화는》이라고 담담하면서도 자못 비장하게 밝히시는 김태호 시인님께 필자 또한 출판사 대표로서 30여 년간 맺어진 소중한 인연을 그냥 지나칠 수 없어 간단하게나마 필설로 감사의 인사를 대신함을 밝혀둔다.

무엇보다 표제시 〈오늘도 무궁화는〉을 보면, "숲에서는 검은 나비가 날고/ 안개 속 흐린 날씨에도/ 무궁화 꽃이 피었습니다"로 시작하여 "해 뜨는 언덕을 향해/ 보라 꽃 하얀 꽃이 고개 젖혀/ 시샘하듯 피었습니다// 흐르는 강물 어둠 속에서/ 겨레꽃으로 태여/ 이슬 머금고 피었"다며 겨레꽃 무궁화에 김태호 시인 자신의 삶을 환치시켜 꿋꿋하고 의연하게 살아가고 있음을 노래하는 모습이 흔들림 없는 미래의 징표를 내비치는 것 같아 경외롭고 비장한 느낌마저 들게 한다.

게다가 "이 아침, 세상은 새날인 듯 고요한데/ 물고 뜯는 악다구니들 물러가라/ 너희가 아니라도 할 일 많은 세상/ 참으로 괴이하구나 세상을 흔드는 것들// 폭풍전야 바다엔 바람기도 없다는데/ 또 오늘은 무슨 일이 있으려나/ 아아, 탈도 많고 말 많은 세상/ 어제가 아닌 오늘로 살았으면" 좋겠다며 평화주의자로서의 희망을 피력하는 모습이 〈세상이 고요하다〉라는 시를 통해 더욱 소박하면서도 아름답게 발현됨을 일깨운다.

평생을 두고 사심 없이 남을 이롭게 하는 것을 우선하여 처신해 오신 김태호 시인님께 다시금 고마움의 인사를 전하며, 제자 시인들 중에서 용인문인협회의 핵심 멤버로 자리하며 회장도 역임한 류재덕 시인의 《바람, 길목에 서다》를 비롯하여 박동석 시인의 《시는 말, 말은 시가 되어》, 《상상의 나래짓》, 이병구 시인의 《사랑의 마디》, 김수자 시인의 《아지매 모셔 춤추다》, 《구다라의 향기》, 이희숙 시인의 《꽃은 참 아팠겠다》, 《실버타워 사람들》①②, 박춘추 시인의 《굽잇길 볼록거울》, 이경숙 시인의 《자작나무 숲으로》, 표석화 시인의 《손녀 이야기》, 《둥지 속 행복한 노래》 등의 시집을 우리 한누리미디어에서 출간하도록 조언해 주신 것에 대해 곁들여 감사드리고 싶다.

"김태호 시인님, 고맙습니다. 부디 건강관리 잘 하시고 100세 그 후까지 남은 여생 행복하게 지내시기를 축원합니다."

김태호金兌浩 시인 연보

1938년 충북 보은군 외속리면 장내리 출생
1958년 대구대학(현 영남대) 법정학부 수료
        (창녕초교, 대구 경상중, 경북고 졸업)
1966년~1998년 서울시 지방공무원(시청, 구청 등)
1989년 시 〈닭〉, 〈벙어리새〉로 『한국시』 등단
1991년 첫시집 《달빛씻기》(도서출판 호롱불) 상재
1994년 시집 《한 줄의 시로 하여 서럽지도 않으리라》(도서출판 청
        학) 출간
        제5회 한국시문학상 수상(한국시사)
1996년 시집 《눈나라 소식》(계명사) 출간
        제5회 우리문학상 수상(우리문학사)
1997년 제1회 종로문화상 수상(종로신문사)
1998년 시집 《해돋이》(다인미디어) 출간
2007년 시집 《봄, 오다》(한누리미디어) 출간
        제1회 한국현대시문학상 수상(한국현대시문학연구소·
        독서신문사)
2010년 시집 《발가락에 쓴 시》(한누리미디어) 출간
2015년 시집 《동물의 세계》(한누리미디어) 출간
2017년 시선집 《바람꽃 지둥소리》(한누리미디어) 출간
2021년 시집 《천 년의 얼굴》(시선사) 출간
2024년 시집 《오늘도 무궁화는》(한누리미디어) 출간

문단활동 : 한국문협, 한국시협, 국제펜클럽, 한국가톨릭문인협회 등

오늘도 무궁화는

•

지은이 / 김태호
발행인 / 김영란
발행처 / **한누리미디어**
디자인 / 지선숙

•

08303, 서울시 구로구 구로중앙로18길 40, 2층(구로동)
전화 / (02)379-4514
Fax / (02)379-4516
E-mail/hannury2003@daum.net

•

신고번호 / 제 25100-2016-000025호
신고연월일 / 2016. 4. 11
등록일 / 1993. 11. 4

•

초판발행일 / 2024년 11월 5일

•

ⓒ 2024 김태호. Printed in KOREA

•

값 12,000원

•

※잘못된 책은 바꿔드립니다.
※저자와의 협약으로 인지는 생략합니다.

•

ISBN 978-89-7969-894-7 03810